For
those great
jap-sex-moments
you were
dreaming of

ペニス

(penis en japonesa)

Jay xx

L'ART DE L'AMOUR JAPONAIS

Titre original :
The Japanese Art of Love
© 1994 LOEC

Traduction :
Elisabeth Frolet

Photocomposition :
Graphic Art 6 srl - Rome

Conception graphique :
Grahame Dudley Associates

ISBN 88-7301-078-4

Produced by Mandarin Offset
Printed and bound in Hong Kong

L'ART DE L'AMOUR JAPONAIS

GREMESE
INTERNATIONAL

Introduction

« L'union des principes masculin et féminin, de l'homme et de la femme, symbolise l'union des dieux en personne au moment où le monde a été créé ». Ces mots – qui soulignent la signification sacrée et symbolique de l'acte sexuel et qui rendent impossible toute honte ou sens de culpabilité – proviennent du premier « livre de l'oreiller ». D'un point de vue occidental, c'est une idée difficilement acceptable, elle imprègne cependant la pensée et la religion orientale. C'est aussi une clef qui nous permet de comprendre l'art érotique japonais.

Le premier livre de l'oreiller, écrit pendant la période Kamakura (1192-1333), devait aider les jeunes femmes à parfaire leur éducation sexuelle. Auparavant, il y a eu d'autres manuels érotiques qui s'inspiraient normalement de textes chinois. Mais le Livre de Chevet dont nous parlons avait un titre évocateur et son format ingénieux était tout à fait japonais.

L'érotisme est à la culture du Japon ce que la vulcanologie représente pour sa géographie : une constante ardente et fondamentale à tout le pays. Le courant de lave érotique a eu ses moments de flux et de reflux : contraction au moment de la première arrivée du bouddhisme, lors de la censure sous le règne des Shogun et durant l'occidentalisation ; expansion durant la dynastie Heian, dans les riches monastères ; et explosion finale dans le « Monde Flottant » d'Edo qui devint par la suite l'actuelle Tokyo. Mais même pendant les périodes de répression, le noyau érotique demeurait, symbolisé par ces phallus monumentaux sculptés d'une seule pièce à partir de troncs d'arbres qui occupent le centre des anciens temples shinto.

Nous observerons dans ce livre les différents aspects de l'érotisme japonais, à la fois sacré et profane : des fragments d'anciens mythes de la création et des poèmes écrits par Ikkyu, moine bouddhiste zen (XVe s.) ; des aphorismes sexuels traditionnels ainsi que les poignantes chansons que les geisha écrivaient pour divertir leurs clients. Les illustrations en noir et blanc sont des gravures sur bois tirées des multiples manuels érotiques que le Japon a produits au cours des siècles. Celles en couleur, sont des shunga, gravures sur bois du « Monde Flottant ».

Aucune culture n'a produit d'art érotique plus intense que ces gravures shunga. Les artistes qui produisirent les shunga vivaient dans les quartiers de plaisir des grandes villes. Et c'est là, qu'aux XVIIe et XVIIIe siècles, une bourgeoisie aisée et très cultivée se consacrait entièrement au plaisir et tout particulièrement au sexe. Ce « Monde Flottant » a pris son nom d'un concept religieux : tout est transitoire. Pour comprendre les shunga, leurs organes sexuels démesurés et leurs sécrétions copieuses, nous devons regarder au-delà de ces exagérations artistiques conçues pour en redoubler la charge érotique. Dans un sens plus profond, le sexe est notre étincelle divine : c'est à travers lui que nous nous recréons à l'image des dieux qui nous conçurent autrefois et nous connaissons ainsi le plaisir qu'ils connurent alors. Le sexe est d'une importance vitale – littéralement – et par conséquent grandeur physique et importance se confondent. Les pénis dans les shunga ressemblent aux mitres épiscopales : lorsque nous nous substituons aux dieux nous devons avoir l'air plus grands que nous-mêmes.

Au début Izanagi (le premier homme) et Izanami (la première femme) s'avancèrent sur le pont-arc-en-ciel céleste et observèrent la lance-éclair qui s'enfonçait dans les eaux du chaos. L'écume autour de cette lance ornée de joyaux se solidifia et forma les premières îles du Japon. Bientôt Izanagi et Izanami apprirent à imiter l'acte de création avec leurs propres corps, et c'est à partir d'eux que se forma le monde.

MYTHE DE LA CRÉATION

La danse de la déesse Ame-no-Uzume redoubla de frénésie au souvenir des milliers d'orgasmes dont elle avait joui : ses mamelons se durcirent et son sexe s'ouvrit en pensant aux phallus des innombrables amants qui l'avaient pénétrée. Lorsque finalement elle arriva au plus haut point de son plaisir, elle ouvrit ses habits et se révéla au kami : mouillée jusqu'aux genoux, son sexe palpitant de joie.

Legende de Ame-No-Uzume

老武者

Divaguant dans le jardin de la belle Mori,
Une fleur de prunier dans le lit, la foi au cœur de
la fleur.
Ma bouche est emplie du pur parfum de cet étroit
ruisseau :
Le crépuscule et les ombres de la lune lorsque nous
composons nos nouvelles rimes.
IKKYU

« Madame, quelqu'un a dessiné un champignon sur la porte d'entrée ! »
« Tiens ! prends ce morceau de papier et va l'effacer ».

« Madame, j'ai frotté très fort, mais il est devenu énorme ! »
« Crois-tu vraiment que ce soit un champignon ? »

PLAISANTERIE DU XVIIE SIECLE

地獄

有時江海有時山
世外道人名利間
夜々鴛鴦禅榻被
風流私語一身閑

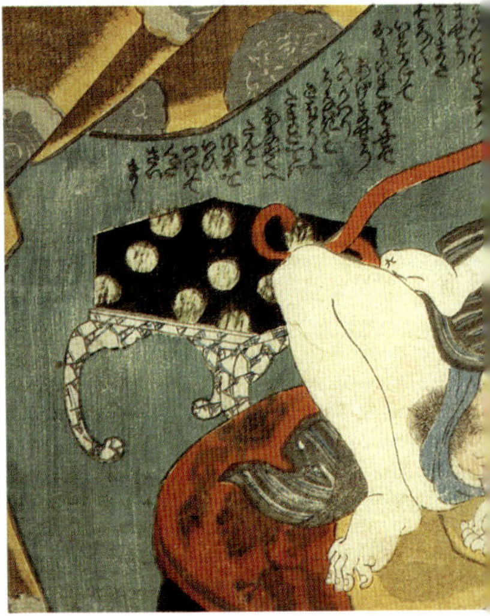

Parfois les rivières et les océans, parfois les montagnes.
Je suis un hermite détaché de ce monde, de la célébrité
et de la fortune.
Nuit après nuit, tels deux canards mandarins, sous les
couvertures d'un lit zen :
Instants poétiques pleins de calme et de tranquillité.

IKKYU

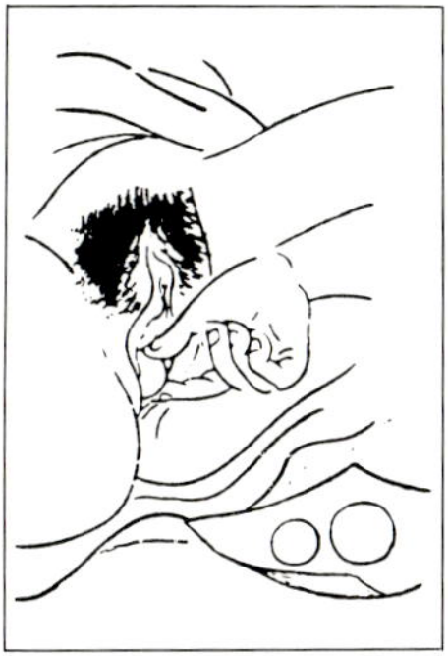

Les deux prunes de cuivre
Emplies d'argent
Lentement, très lentement
M'enchantent. Lorsque tout prend fin
La rosée tombe sur ma main crispée.
J'aurais préféré que le haricot fleurisse
Et qu'il ait été là !

CHANSON DE GEISHA

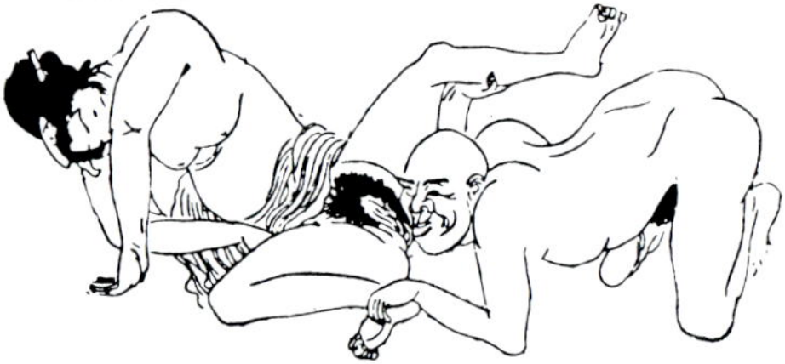

Une femme peut choisir de s'épiler le pubis ou de laisser une charmante couronne à l'entrée.
Il vaut mieux qu'elle s'épile si elle aime oindre son sexe de miel et d'eau de rose et si elle veut en rendre le lèchement plus délicieux.

LIVRE DE L'OREILLER

KAWAI, KAWAI

(mignon, mignon)

La luciole qui point ne chante
Brûle en silence ;
Elle souffre plus
Que le bruyant insecte qui chante :
« kawai, kawai ! »
Pourquoi ai-je offert mon âme
A un homme si peu sincère ?
Regrets. Quels regrets !

CHANSON DE GEISHA

臨済児孫不識禅
正伝真个瞎驢辺
雲雨三生六十劫
秋風一夜百千年

Les disciples de Rinzai ne comprennent plus le Zen,
La vérité a été transmise à cet âne aveugle,

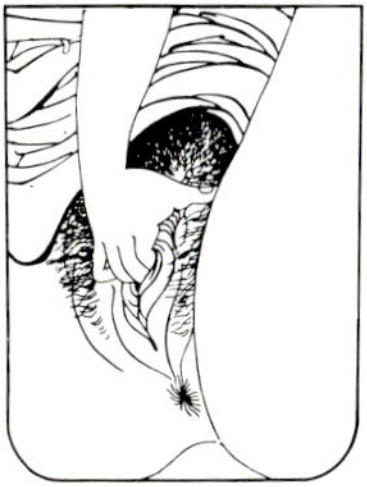

L'amour pendant trois existences, une éternité ;
La brise d'une nuit d'automne, mille ans.

IKKYU

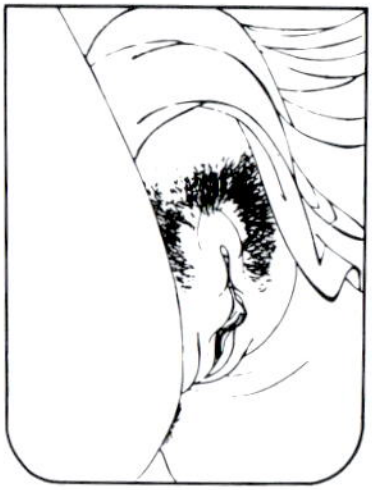

A l'ombre du boudoir, une poésie infinie.
Une chanson devant les fleurs poussées par le vent,
la pureté de ce banquet parfumé.
Nous faisons l'amour, à notre chevet nous sentons la
rivière et la mer.
Tels deux canards mandarins, nous passerons le reste
de notre vie à l'aise sur l'eau.

Ikkyu

洞房深處幾詩情
歌吹花前芳宴清
雲雨枕頭江海意
鴛鴦水宿送殘生

Myosotis

Je m'agrippe à ma manche :
Rosée, parfum et couleur ;
Son image est là, en absence
Myosotis, mémoire.
S'il pouvait s'épanouir sur
une branche
Je le planterais,
Et lui offrirais mon amour
A chaque heure solitaire.

Chanson de geisha

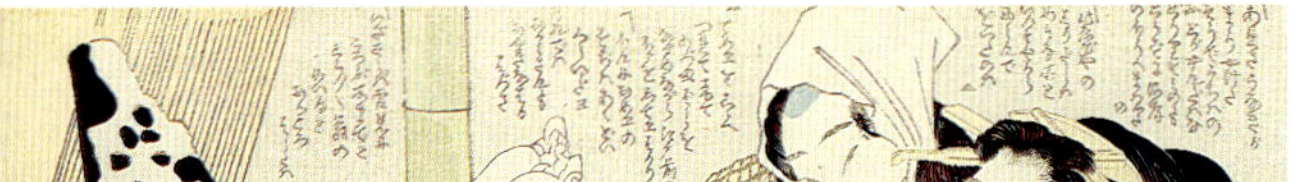

Contemple le pavillon de Chu et gravis-le.
A minuit sur le précieux lit, entre des rêves de désir mélancolique

Sa fleur s'épanouit sous la branche du prunier
Une nymphe gracieuse entre ses cuisses.

Ikkyu

JOIE

Un visiteur ce soir
Nous remontons le couloir en courant
Le claquement des socques.

Un seul homme,
Une seule personne à aimer.

Je retourne dans ma chambre,
Retraite, honneur,
Un oreiller laqué,
Silence.

J'entends la crécelle du gardien,
Des rires dans la chambre voisine.

CHANSON DE GEISHA

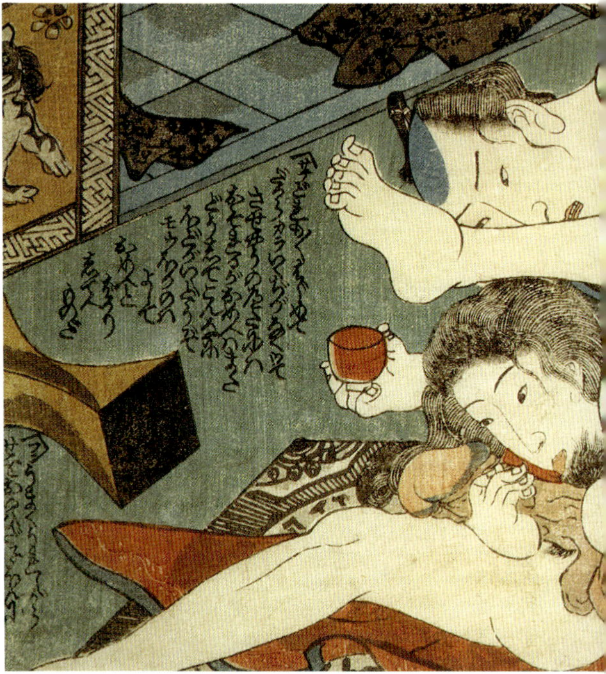

Rares sont les pénis qui ne peuvent être réveillés par un baiser – mais ce baiser n'est pas le bécot d'un oiseau,

c'est la langue, le palais et les lèvres d'un veau affammé qui suce bruyamment un mamelon.

LIVRE DE L'OREILLER

Ma main, que ne ressemble-t-elle à celle de Mori,
Ma fidèle amie, la maîtresse des caresses de l'amour.
Lorsque je suis malade, elle soigne ma précieuse tige
Et réjouit le cénacle qui m'entoure.

IKKYU

我手何似森手
自信公風流主
発病治玉茎萌
且喜我会裏衆

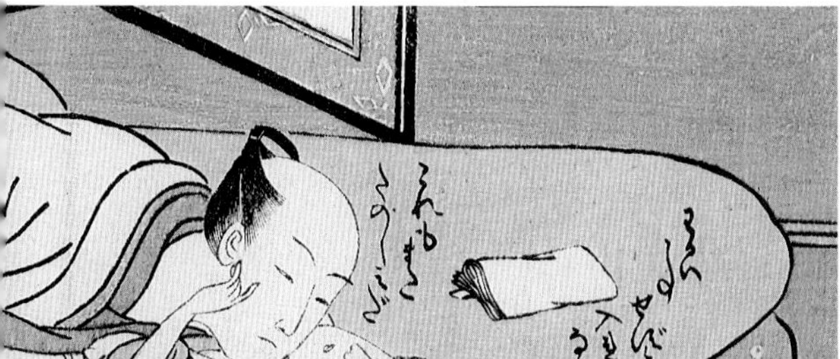

Son beau geste

A cause de son beau geste
J'ai perdu la tête.

La lettre que j'ai écrite en caractères simples
Vaudra mieux qu'un message parlé.
Mais je ne le tiens pas encore.
Je vais boire du saké toute la nuit durant
Sans me soucier de le réchauffer.

Je suis allongée par terre
Ici, et je m'endors.
Je me réveille en sursaut
Au cri du gardien :
« Feu, prenez garde au feu ».

Chanson de geisha

Murmures, timidités et promesses.
Nous chantons l'amour et nous échangeons des promesses éternelles.

密啓自懃私語盟
風流吟罷約三生
生身墮在畜生道
絶勝潙山戴角情

Nous pourrions finir par nous comporter comme des bêtes,
Mais ma passion surpassera celle de l'abbé cornu de Kuei.

Ikkyu

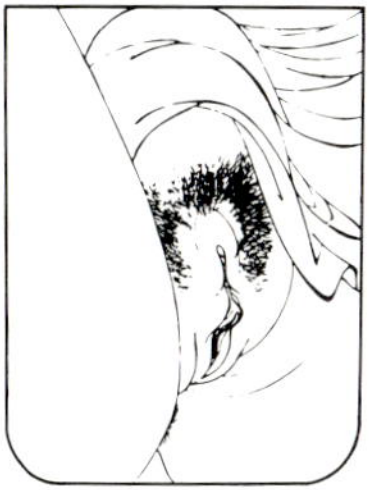

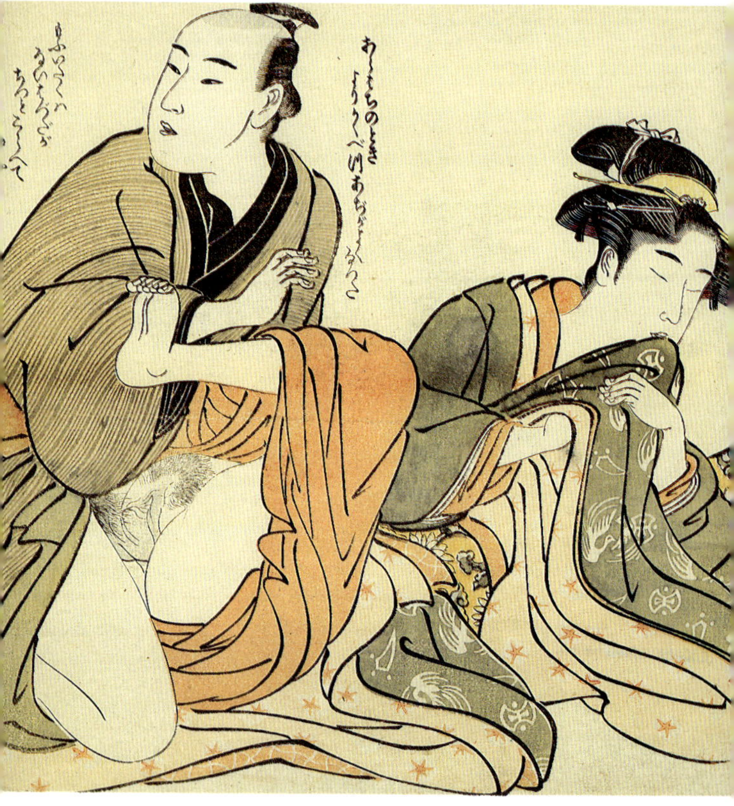

Foi

Je suis un cerisier commun
Dont la fleur a des pétales tout simples
Il fleurit dans la plaine.
Je ne fais pas partie de ces cerisiers à
fleurs doubles !

Chanson de geisha

Une femme possède deux bouches et plusieurs vagins : un mari peut arriver à l'extase entre ses fesses ou ses seins, ou entre ses cuisses ou sous ses aisselles. Prends soin de ta propreté et utilise des crèmes lubrifiantes.

LIVRE DE L'OREILLER

LE JEU DES DEUX EVENTAILS

Deux éventails lancés
Sont tombés l'un sur l'autre
C'est bon signe.

Je vois deux êtres qui s'étreignent
Tels deux feuilles qui sont tombées l'une sur l'autre.

Sera-t-il un beau chrysanthème ?
Je le mettrai dans un vase
Et le regarderai
Ce sera une fleur de prunier
Parfumée et colorée.

CHANSON DE GEISHA

Les invités sont partis, la musique s'est éteinte, tout est silence ;
Qui sait quand elle sortira de son profond sommeil ;

客散曲終無一声
不知極睡幾時驚
覿面当機胡蝶戯
誰聞日午打三更

Je l'observe, un papillon folâtre.
Ecoutez, les cloches sonnent minuit à midi.

IKKYU

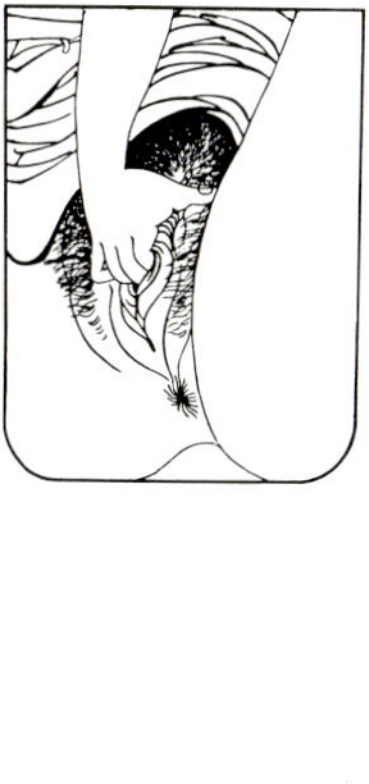

Devant mes oiseaux

Je gémis d'amour
Devant mes oiseaux.
Eux aussi sont en cage.

Mes plaintes désolées
Sont comme des cris de souris.
Les oiseaux sautillent vers moi pour me taquiner
Et j'aime ça
A cause de mon enfermement.

Le saké est froid
Car mon tourment
Me paralyse.
Il y a parfois de grands chagrins,
Et l'on peut être enfermé.

Chanson de geisha

盲森夜々伴吟身
被底鴛鴦私語新
新約慈尊三会暁
本居古仏万般春

Nuit après nuit, Mori l'aveugle m'accompagne en chantant
Sous les couvertures, deux canards mandarins, une conversation intime
Nous nous promettons d'être ensemble jusqu'à ce que
Maitreya trouve le salut.
Chez ce vieux bouddha c'est le printemps éternel.

Ikkyu

Des bribes de conversation dans la hutte en jonc
s'entendent jusqu'au palais Shou-Yang.
Des papillons s'amusent élégamment, toujours pleins
d'excitation.

茆廬話到壽陽宮
胡蝶優遊興不空
枕上梅花窓外月
吟魂夜々約春風

Sur le lit, une fleur de prunier ; dehors à ma fenêtre la lune.
Des âmes chantent, nuit après nuit, enlacées à la brise de printemps.

Ikkyu

Prediction

Un trou dans la paroi en papier
Qui est le coupable ?
J'entends à travers ce trou une corde de shamisen qui se brise,

C'est mauvais signe.
Pourtant le devin m'a dit que
Ma chance était bonne.

CHANSON DE GEISHA

Reves

Sous la moustiquaire
Très grande

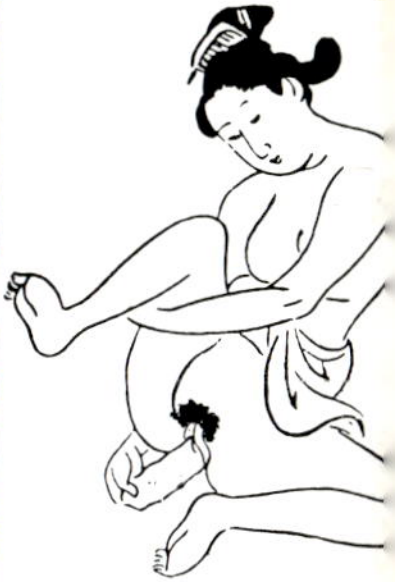

Mon petit cœur
Brûle avec plus d'ardeur
Qu'une lanterne.

CHANSON DE GEISHA

水仙華

香与梅花修約盟
風流瑤草両三茎
淩波仙子紊雲雨
碧海青天夜々情

JONQUILLE

Son parfum s'unit à celui de ma fleur de prunier ;
nous échangeons des promesses.
Une caresse comme deux ou trois tiges d'herbe Yao,
Elle fait l'amour comme une gracieuse nymphe.
Nuit après nuit la même sensation : la mer de saphir,
un ciel bleu.

IKKYU